Autora: noftB

MONOGATARI
NOVELS

Capítulo 1
Descubierta

¿TIENES ALGÚN SECRETO?

ME LO HE IMAGINADO CIENTOS DE VECES, ¿CUÁNDO SERÁ?

¿EN QUÉ SITUACIÓN?

¿CUÁNDO REVELARÉ ESTE «SECRETO» QUE NO DEBERÍA OCULTAR?

¿SE LO CONTARÉ A MIS FANS EN SAN VALENTÍN?

¿SUBIRÉ FOTOS DE LA BODA MIENTRAS NOS CASAMOS EN EL EXTRANJERO?

O ACASO...

¡¿LO MANTENDRÉ...

...EN SECRETO PARA SIEMPRE?!

Señalar

Cuchichear

¡SE DESCUBRIRÍA MI SECRETO!

CREO ALGO NO HA IDO BIEN EN EL ESCENARIO, LA REACCIÓN DEL PÚBLICO...

HA PASADO ALGO GORDO, ¡CORRE AL CAMERINO! ¡VIENEN LOS PERIODISTAS!

¿QUÉ PASA?

Comentarios

NNN

¿No acaba de estar en la Semana de la Moda de Milán? ¿Justo cuando vuelve va y se destapa todo esto?

OOO

Con todo el potencial que tenía... ¿Cómo es que de repente...?

FFF

Iba de reina y en verdad es una marimacho.

TTT

¡Dicen que su novia también es muy guapa!

BBB

¡No jodas! ¡Su novia es abogada y trabaja en el mismo edificio que yo!

NOFTB respondió: ¡Qué dices? ¿Cuál es la dirección? ¡Me da mucha curiosidad!

19:50

Viernes 1 de febrero
Día 27 del duodécimo mes lunar

TE DIJE QUE TRAJERAS LA ROPA DE XIAO ZHONG, ¡¿POR QUÉ HAS TRAÍDO ROPA DE HOMBRE?!

LO SIENTO, ¡HE ENTRADO EN PÁNICO!

SEÑORITA ZHONG, LE AYUDO A QUITARSE EL VESTIDO.

PUEDO HACERLO YO SOLA.

XIAO ZHONG, ¡¿A DÓNDE VAS?!

ME VOY A POR MUSHEN.

HAY ALGUNOS CLIENTES CON LOS QUE HE TRABAJADO DESDE HACE MUCHO TIEMPO, CAMBIAR A SU ABOGADA DE REPENTE NO CREO QUE SEA LO INDICADO.

PERO ESPERO QUE RECONSIDERE LO DE DARLES MIS CASOS A OTROS.

LES EXPLICARÉ CLARAMENTE QUE MI VIDA PRIVADA NO AFECTARÁ A SUS CASOS, ESPERO QUE ME DEJE HACERME CARGO.

DE ESO TE ENCARGAS TÚ.

¿YO?

¿TE HAS TRAÍDO LA GUITARRA?

¿?

CON TANTOS REPORTEROS, ¿CÓMO VAMOS A LLEGAR A LAS OFICINAS?

¡¿POR QUÉ TENGO QUE HACER ESTO?! ¡TENGO UNA REPUTACIÓN QUE MANTENER!

EN FIN, ¡ES POR UNA AMIGA!

¡MERECE LA PENA!

¿CÓMO PUEDES SABER SI ESTÁ BIEN O MAL? NI SI QUIERA TÚ PUEDES CONTROLAR ESTE AMOR.

¿ACASO YO NO PUEDO SENTIRLO? COMPARTIMOS EL MISMO SENTIMIENTO...

¿NO ES EL CANTANTE PRINCIPAL DE «AURORA»? ¿QUÉ HACE CANTANDO AQUÍ?

AMBOS SOMOS MISERABLES AMANTES EN EL FIN DEL MUNDO, SI ESTÁS SUFRIENDO, TE ACOMPAÑARÉ DURANTE MILES DE KILÓMETROS...

¿SERÁ QUE SE VA A SEPARAR LA BANDA Y QUIERE TENER UNA CARRERA EN SOLITARIO? ¿HABRÁ VENIDO AQUÍ PARA DAR LA NOTICIA?

QUEMÁNDOME A MÍ MISMO PARA ILUMINARLOS, RECUÉRDAME, Y RECUERDA AGRADECERME...

COMO AÚN NO HEMOS VISTO A LA NOVIA DE XIAO ZHONG, VAMOS A ENTREVISTARLO MIENTRAS.

¡NO PENSÉ QUE NUESTRA REFINADA MUSHEN LIN TENDRÍA UNA NOVIA ASÍ DE GUAPA!

FIRMA DE ABOGADOS FUTE

¡Y QUE LO DIGAS!

DISCULPA, ¿A QUIÉN BUSCAS? ¡NO PUEDES EN-TRAR SIN CITA!

FIRMA DE ABOGADOS FUTE

ESA PERSONA... ¿NO CREES QUE SE PARECÍA A AL-GUIEN FAMOSO?

UN POCO, PERO... ¿QUIÉN SERÁ?

PODEMOS HABLAR DE LOS CASOS DESPUÉS, PERO POR AHORA NO CONVIENE QUE VENGAS A LA OFICINA...

DISCULPE.

Capítulo 2
Confesión

¡POR FIN HAN SALIDO, ¡YA PUEDO ESCAPAR DE ESTE TERRIBLE INTERROGATORIO!

SI NO HUBIERA SALIDO CO-RRIENDO, NO ME HUBIERAS PERSEGUIDO... Y NO HUBIERAN PODIDO FOTO-GRAFIARNOS...

FRENA

ES CULPA MÍA...

HACE UNOS DÍAS

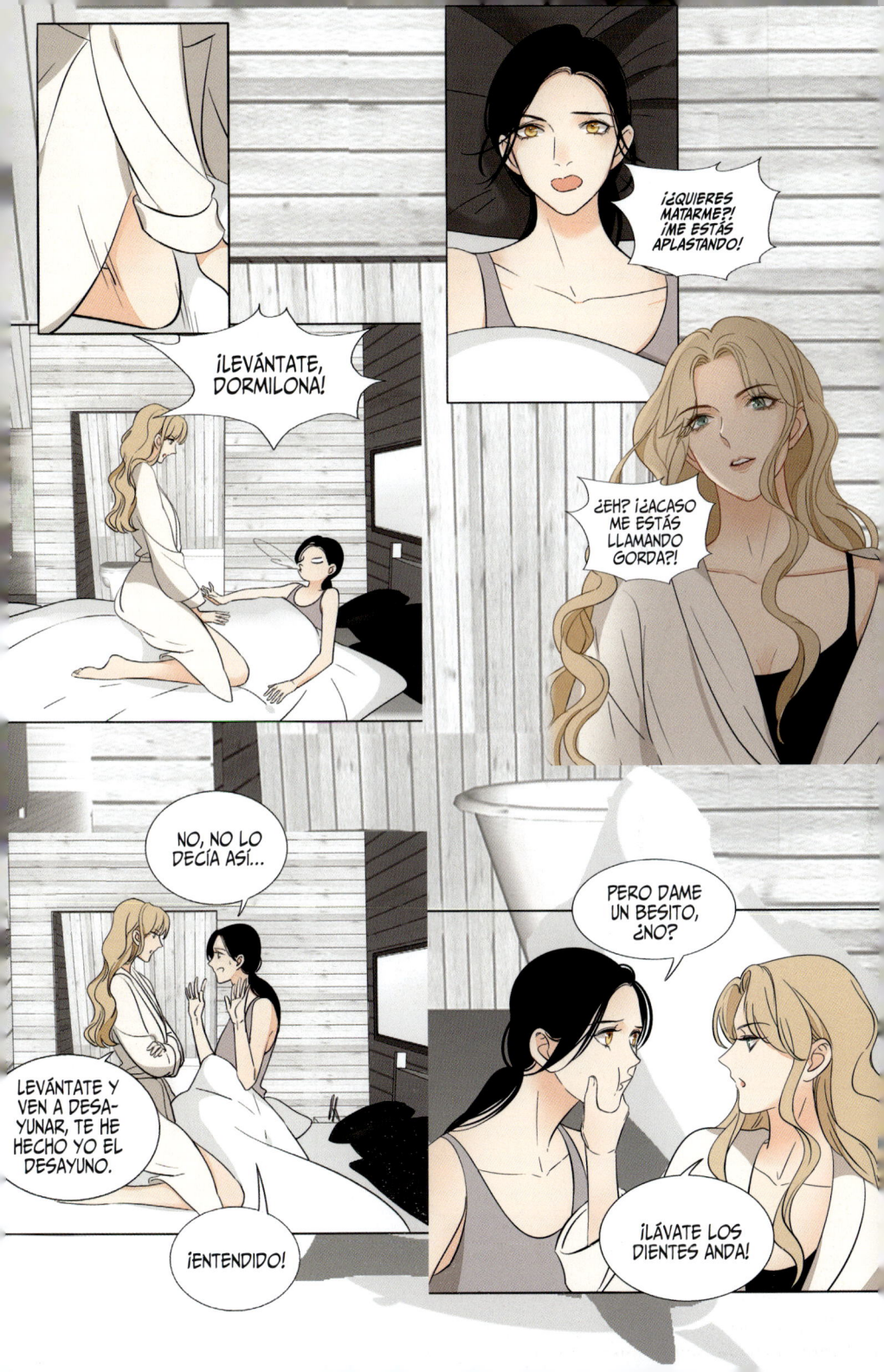

YA LA CONOCÉIS, OS LA PRESENTÉ EN LA UNIVERSIDAD, ERA MI MEJOR AMIGA.

¿QUÉ BUSCAS?

NADA, ¡VAMOS A DESAYUNAR! ¡ME MUERO DE HAMBRE!

MI CUMPLEAÑOS NO ES HASTA MAÑANA, ¿EH? ¿POR QUÉ HAS COCINADO HOY?

ADIVINAAA

Capítulo 3
Una fría
bienvenida

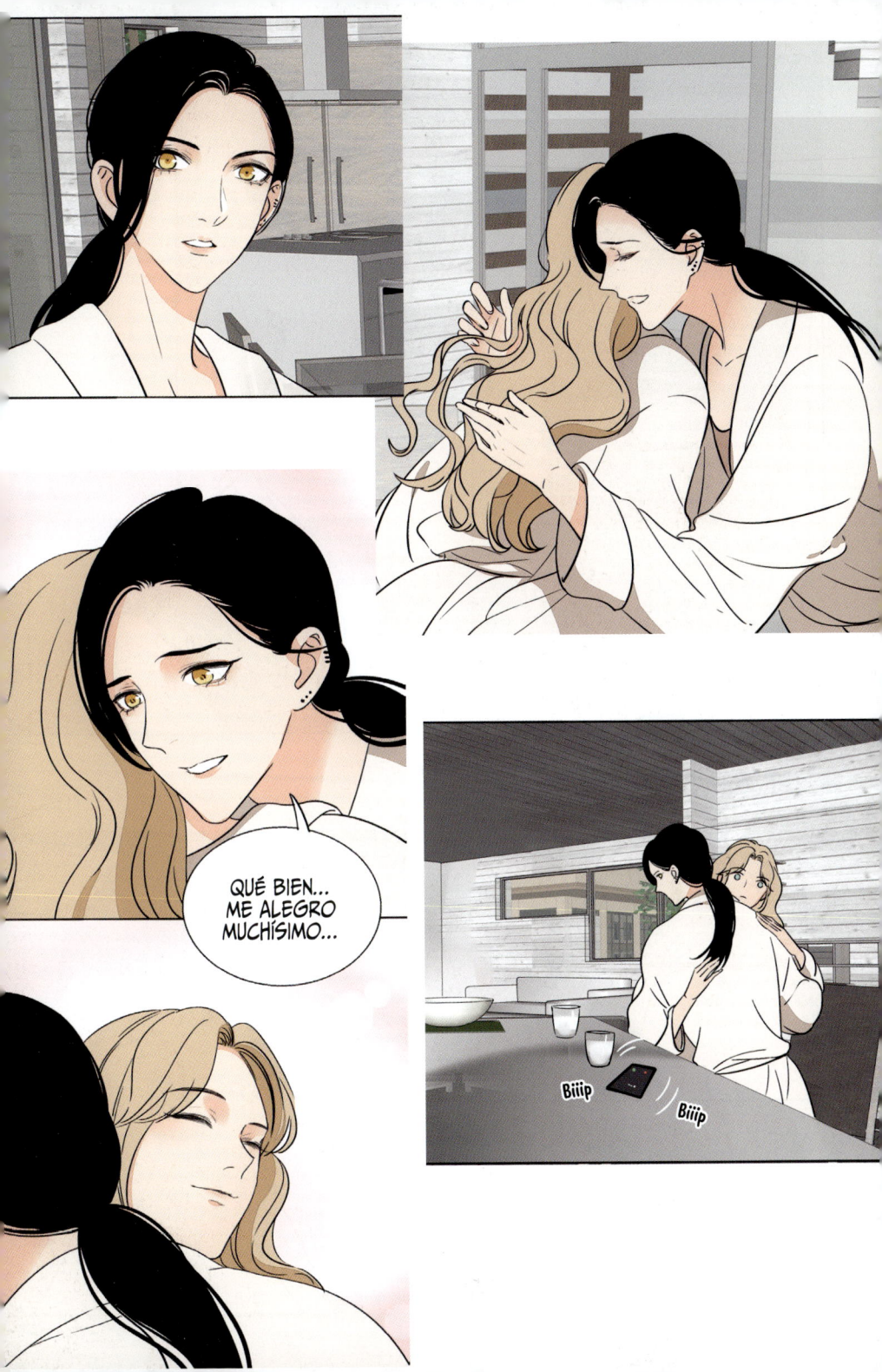

MAMÁ...
¿MAÑANA VAS A
VENIR A CELEBRAR
MI CUMPLEAÑOS?

VALE, IRÉ A
RECOGERTE.

PERDONA, HABÍA MUCHÍSIMO TRÁFICO.

SI YA SABÍAS QUE HABÍA TRÁFICO, HABER SALIDO ANTES, ¿EN TU TRABAJO GESTIONAS IGUAL DE MAL EL TIEMPO?

YO...

VÁMONOS.

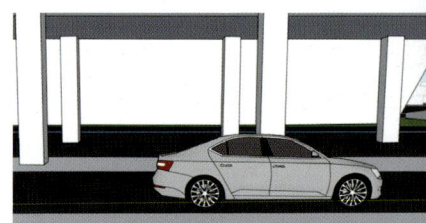

ESE ES MI COCHE.

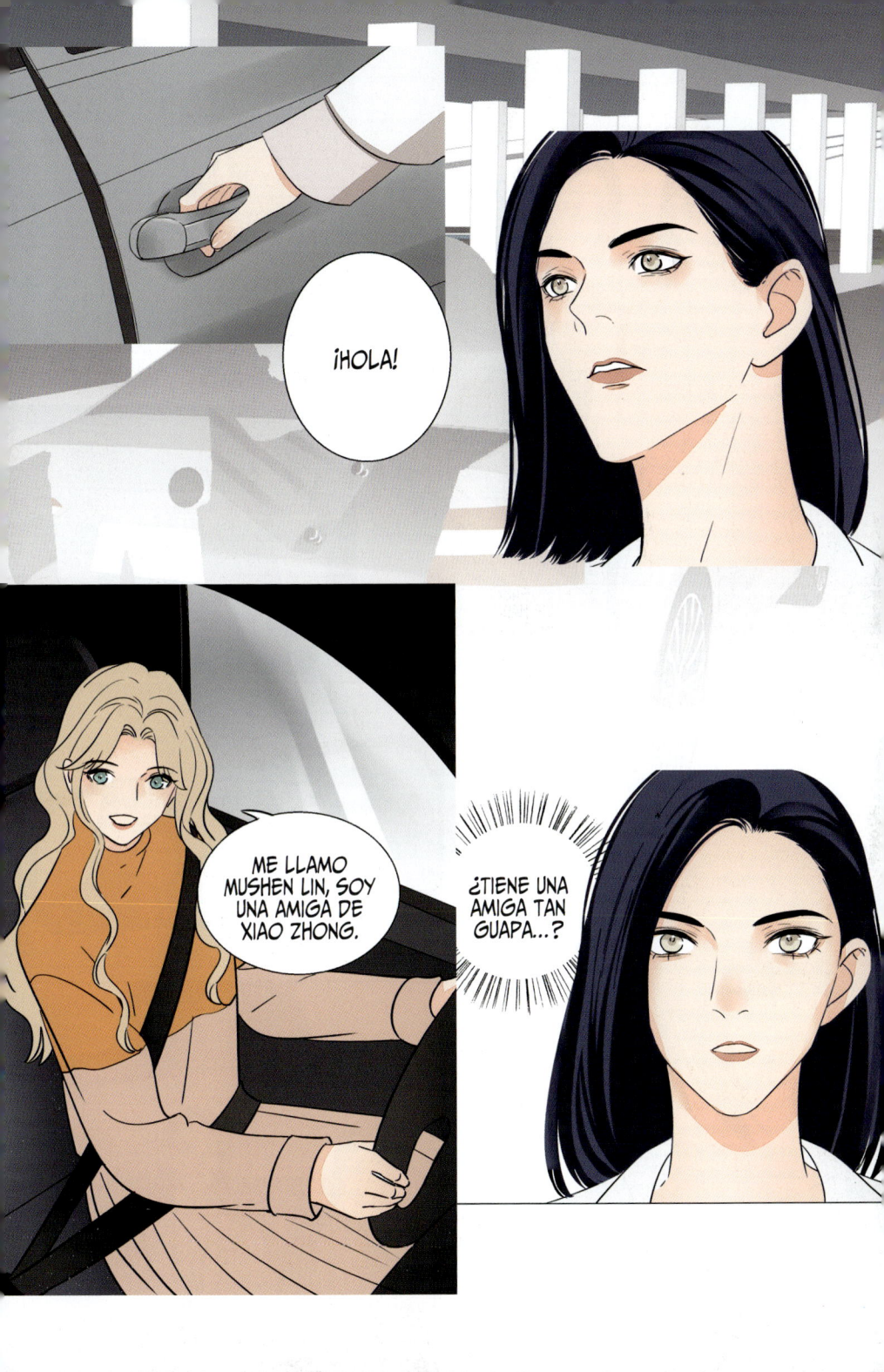

MAMÁ, SIÉNTATE DETRÁS, HE DEJADO AGUA Y ALGO DE COMER POR SI TIENES HAMBRE.

PAM——

¿EN SERIO? GRACIAS.

XIAOXIAO ME DIJO QUE LE GUSTA LA COMIDA JAPONESA. HAY UN RESTAURANTE JAPONÉS MUY AUTÉNTICO DONDE TRAEN INGREDIENTES NUEVOS TODOS LOS DÍAS EN AVIÓN ASÍ QUE LA COMIDA ES SÚPER FRESCA. ¡YA HE RESERVADO UNA MESA PARA QUE VAYAMOS LUEGO!

TE LLEVAS MUY BIEN CON XIAOXIAO, ¿DESDE CUÁNDO OS CONOCÉIS? ¿CÓMO OS CONOCISTEIS?

Capítulo 4
Antiguo primer
amor

EN LA UNIVERSI-DAD...

¿NO PASAS TU TIEMPO LIBRE CON TU NOVIO? ¿O ESTÁS SOLTERA?

Agraviada

MAMÁ, ¿A QUÉ VIENEN TANTAS PREGUNTAS?

NO TE ESTOY PREGUNTANDO A TI.

Levanta la cabeza

NO TENGO NOVIO.

OYE, ¿NO TE-
NÍAS COSAS
QUE HACER EN
LA OFICINA?
PUEDO LLEVAR
A MI MADRE AL
RESTAURANTE
POR MI CUENTA
DESPUÉS DE
DEJARLA EN EL
HOTEL.

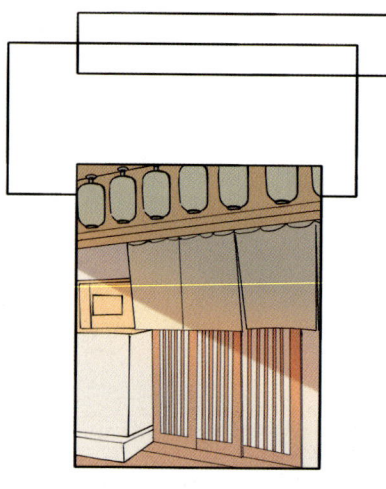

Llevaré a mi madre al hotel después de comer
e ir de compras, estaré libre sobre las seis, así
que volveré al restaurante japonés para
esperarte.

>

. A B C D E F G H .

123   ,。?!   ABC   DEF   ⊗

¿CON QUIÉN HA-
BLAS? ¿CON ESA
TAL MUSHEN LIN?

MAMÁ, YA NO SOY
UNA NIÑA, NO ES
ASUNTO TUYO.

ME DAN IGUAL TUS ASUNTOS, PERO SOY TU MADRE, NO TOLERARÉ TUS ERRORES.

¡¿A QUÉ TE REFIERES CON «MIS ERRORES»?!

MÍRAME A LOS OJOS Y DIME LA VERDAD, ¿ESA CHICA Y TU SOLO SOIS AMIGAS?

¿AMIGAS? ¡¿ES ESTE EL TIPO DE COSAS QUE SE ESCRIBEN LAS AMIGAS?!

...

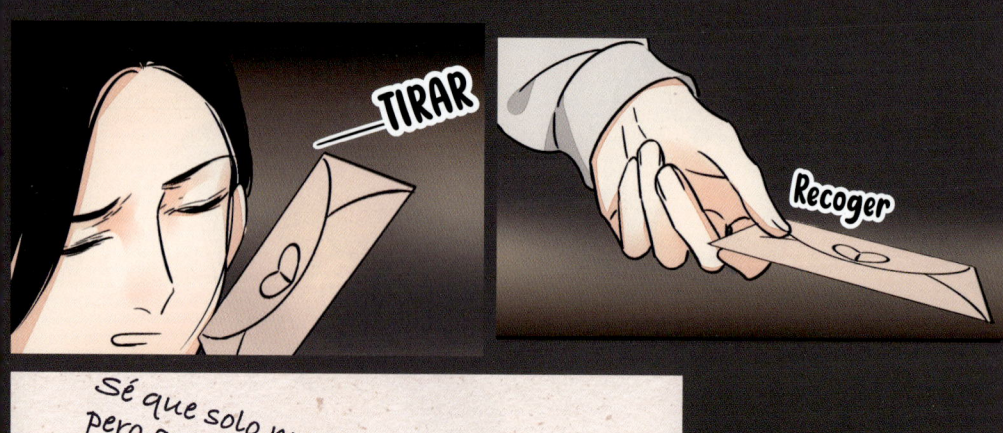

—TIRAR

Recoger

Sé que solo me ves como a una amiga, pero aun así te escribo esta carta con esperanza.

Ya que no tengo el valor para decírtelo cara a cara y me resigno a esconderlo en mi corazón. Cuanto más pasa el tiempo, más consciente soy del lugar que ocupas en mi corazón. Creo que me gustas.

¡MAMÁ! ¡PARA! ¡NO HAGAS ESTO!

TAP TAP

TAP TAP

¡PARA, MAMÁ!

PUM!

MAMÁ, POR FAVOR TE LO SUPLICO...

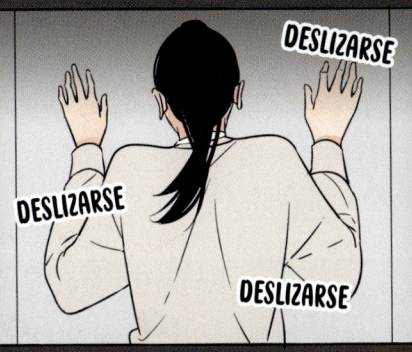

DESLIZARSE

DESLIZARSE

DESLIZARSE

DESLIZARSE

¿DÓNDE ESTÁ?

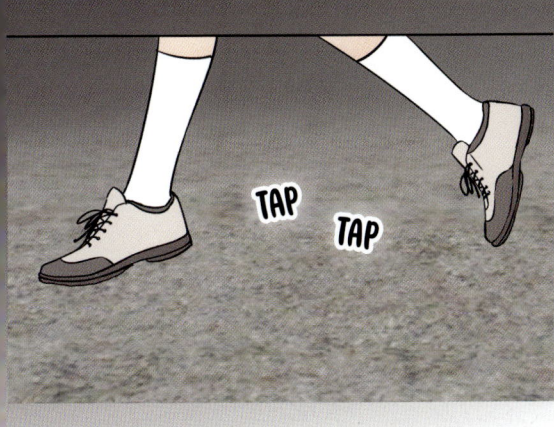

TAP   TAP

TAP

TAP

¿VIVES SOLA? ¿O VIVES CON MUSHEN LIN? CON TODO EL DINERO QUE TIENES NO TE HACE FALTA COMPARTIR PISO, ¿NO?

¡¿PERO DE QUÉ VAS?! ¡¿ME ESTÁS INTERROGANDO?!

CLAC

RESPÓNDEME,

¿SOIS SOLO AMIGAS?

¿TE VAS A PONER ASÍ CON TODOS MIS AMIGOS?

Capítulo 5
El límite de
la paciencia

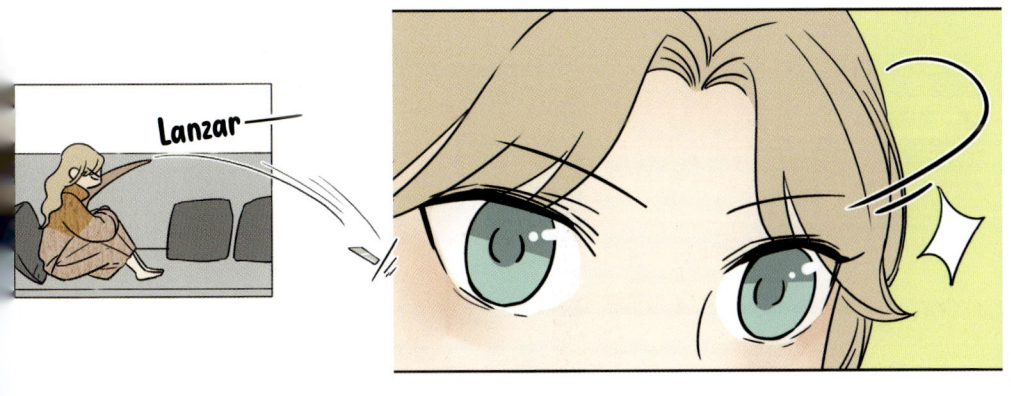

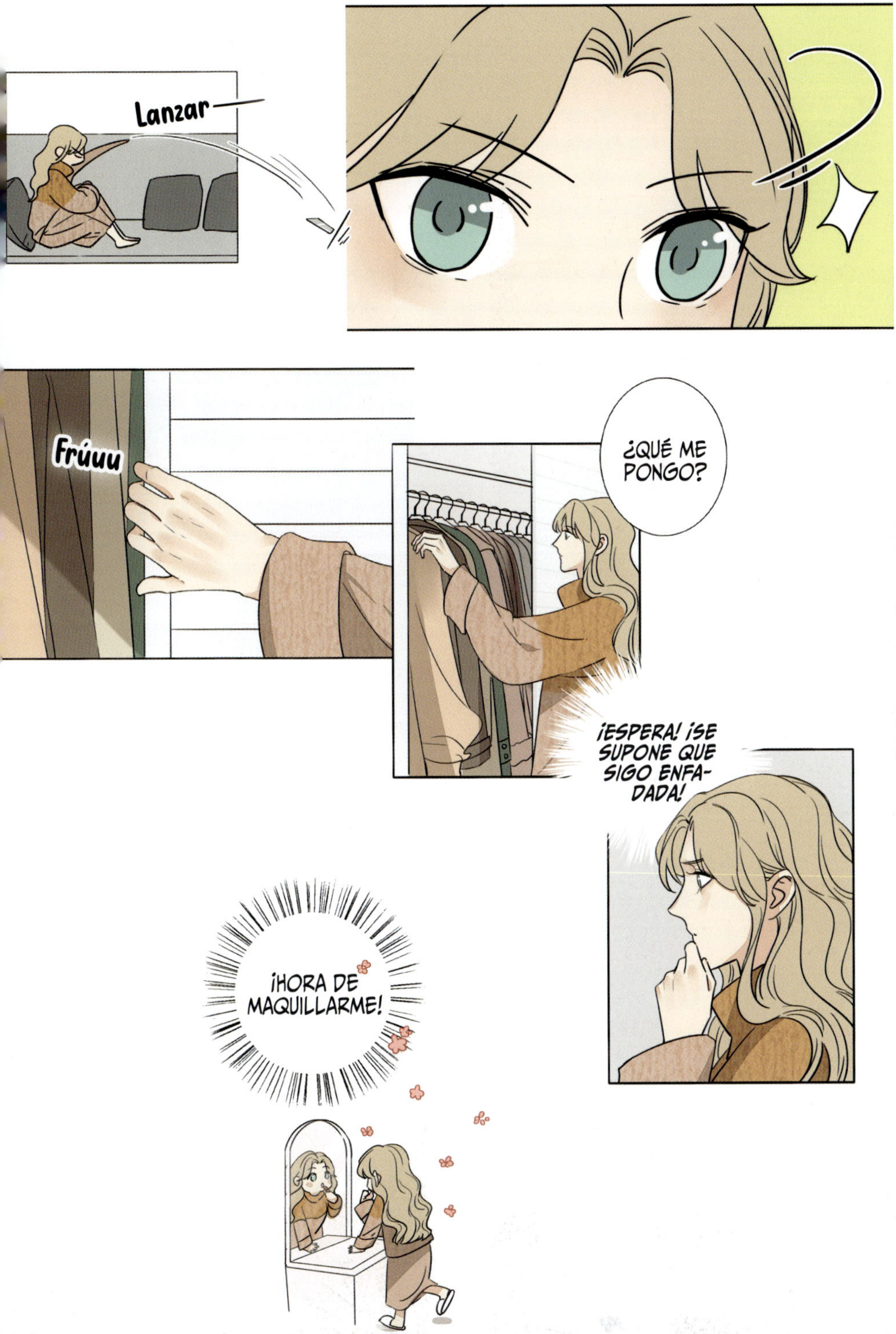

Lanzar

Frúuu

¿QUÉ ME PONGO?

¡ESPERA! ¡SE SUPONE QUE SIGO ENFA-DADA!

¡HORA DE MAQUILLARME!

17:30

Jueves 28 de febrero
Día 24 del primer mes lunar

SON CASI
LAS SEIS.

ENVÍALE UN MENSAJE A MUSHEN Y DILE QUE VAS A LLEGAR TARDE POR EL TRÁFICO.

¿CÓMO QUE TE VAS EN METRO? CON LO ALTA QUE ERES, ¡TE VAN A RECONOCER EN SEGUIDA!

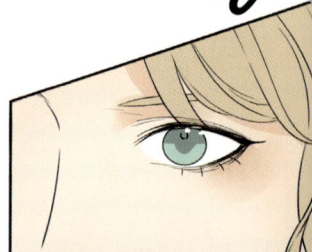

ESTRUENDO

¡¿POR QUÉ TENGO QUE SER SIEMPRE LA QUE SE QUEDA ESPERANDO?!

MUSHEN, ¡PARA!

¡MUSHEN!

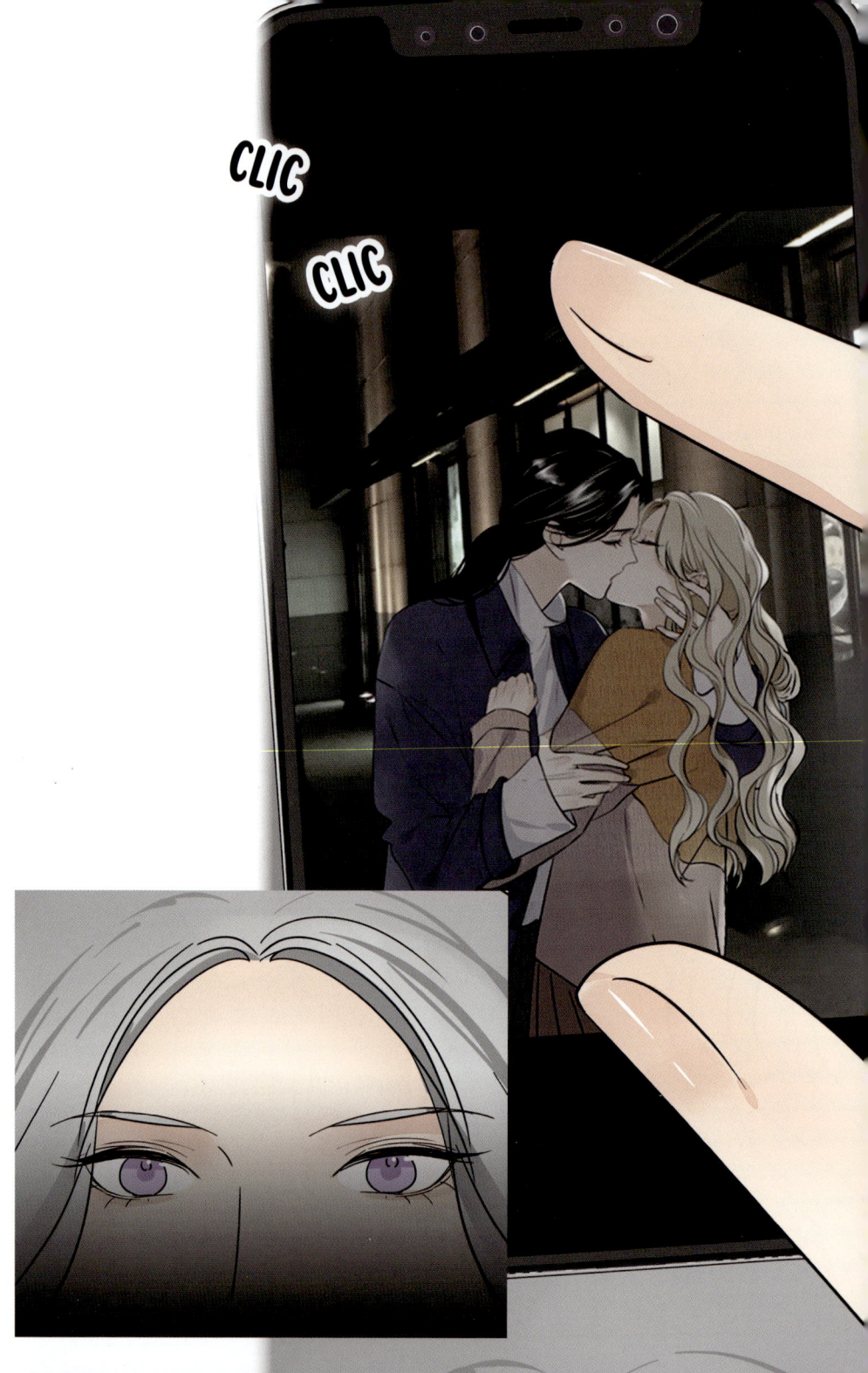

Capítulo 6
Pulsera

¿QUÉ TENÉIS QUE DECIR SOBRE LA FOTO? ¡¿CÓMO SE OS OCURRE HACER ALGO ASÍ EN PLENA CALLE?!

¿YA HAS PENSADO EN CÓMO EXPLICAR ESTO?

LO MALO AQUÍ ES QUE TAMBIÉN OS GRABARON, POR SUERTE EN INTERNET LOS TEMAS VIRALES VAN CAMBIANDO ENSEGUIDA UNO TRAS OTRO, NO HACE FALTA DARSE PRISA, TENGO SUFICIENTE TIEMPO PARA BUSCAR ALGUNA EXCUSA.

¿Y SI NO LO NIEGO?

¿QUÉ HAS DICHO?

HE DICHO QUE QUÉ PASARÍA SI NO LO NIEGO.

CONMOVIDA

XIAO ZHONG, ¿DE VERDAD CREES QUE EL HECHO DE QUE LA GENTE EN INTERNET SEA MÁS TOLERANTE AHORA IMPLICA QUE TU RELACIÓN CON MUSHEN NO SEA ESPECIAL?

QUIEN QUIERA DESARROLLAR UNA BUENA CARRERA EN EL PAÍS TIENE QUE OCULTAR ESTAS COSAS.

TODAVÍA NO ESTÁS AFIANZADA EN EL MUNDILLO DEL MODELAJE. SOLO LOS MEJORES TIENEN DERECHO A HABLAR, ASÍ QUE NO HAGAS ESTUPIDECES.

YA LA HAS OÍDO, AHORA NO ES EL MO-MENTO, AÚN NOS QUE-DA MUCHO TIEMPO... MIENTRAS NO SEA DEMASIADO TARDE NO PASARÁ NADA.

XIAO ZHONG, ¿CÓMO HAS PO- DIDO? ¿ACASO TU MADRE NO EXISTE PARA TI? DESAFÍAS EL LÍMITE DE MI PACIENCIA UNA Y OTRA VEZ.

TU PADRE Y YO IREMOS A VERTE MAÑANA, NOS DEBES UNA BUENA EXPLICACIÓN SO- BRE TODO ESTO DE «SALIR DEL ARMARIO».

VAMOS, OS LLEVO A CASA.

¿UY? ¿ESA CHICA NO ES MODELO?

SÍ, COMO HAS ESTADO FUERA DEL PAÍS A LO MEJOR NO LA CONOCES. SE LLAMA XIAO ZHONG, ES BASTANTE POPULAR ÚLTIMAMENTE, ACABA DE COMPRAR UNA DE TUS PULSERAS A JUEGO.

SE HA VISTO INVOLUCRADA EN UN ESCÁNDALO SOBRE SU SUPUESTA «SALIDA DEL ARMARIO» Y AHORA ACABA DE COMPRAR UNA PULSERA PARA PAREJAS... SUPONGO QUE LOS RUMORES SON CIERTOS.

DAME LA MANO.

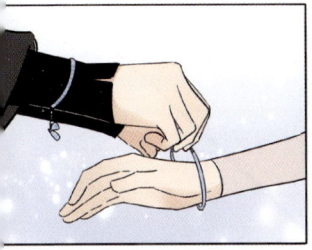  

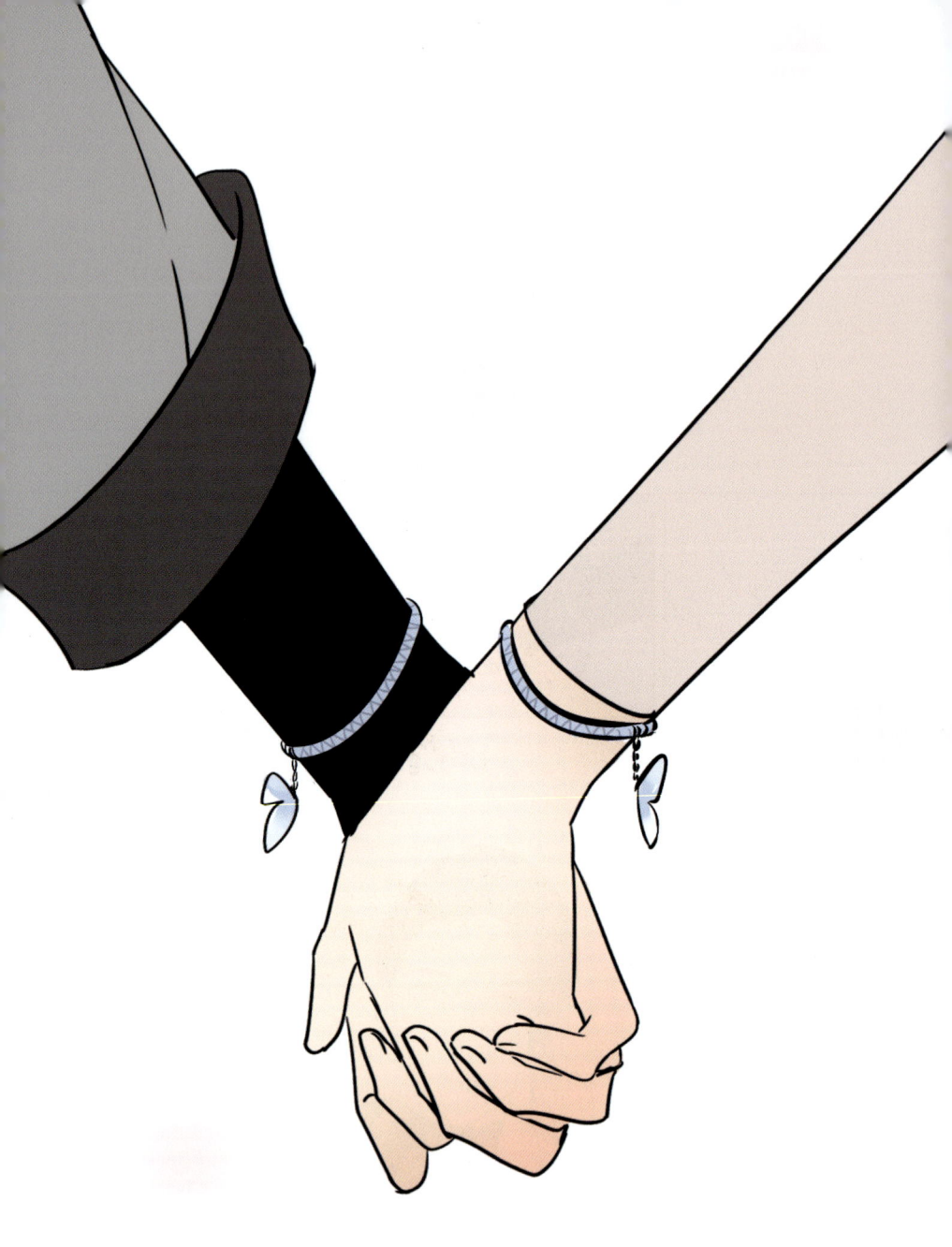

AHORA ESTÁN COMPLETAS.

Capítulo 7
Acusación

LLORA LLORA

BUAAAA... ¿DE VERDAD CREES QUE SOY UNA INÚTIL?

¡YA VALE!

TU SUEÑO ERA CONVERTIRTE EN MODELO Y AHORA SE HA CONVERTIDO EN UN OBSTÁCULO PARA NUESTRA RELACIÓN.

¿NO DEBERÍA PROPONERTE MATRIMONIO YO?

NO, LO VOY A HACER YO.

¡VAMOS A VER QUIÉN LE PROPONDRÁ MATRIMONIO A QUIÉN!

HOSPITAL CENTRAL

中心医院

¡AY! ¡ME APLASTAS!

REVOLVER REVOLVER

REVOLVER

¡QUÍTAME LAS MANOS DE ENCIMA!

YA SE HA ACLARADO LA NOTICIA SOBRE XIAOXIAO, TODO HA SIDO UN MALENTENDIDO.

PADRE DE XIAO ZHONG

VAMOS AL AEROPUERTO, MAÑANA TENGO QUE REALIZAR OTRA CIRUGÍA Y HE DE VOLVER PRONTO.

¡«Verdad o reto» se vuelve serio! ¡Se revela el secreto de la «salida del armario» de la supermodelo Xiao Zhong! Original

 Yo también soy Fute
@iamalsofute | 19-03-14 10:30

Hace unos días, lo más comentado en redes fue la supuesta «salida del armario» de Xiao Zhong tras besar apasionadamente a una mujer en la calle, pero hoy su agente ha aclarado que todo había sido un malentendido generado por un juego. Xiao Zhong se reunió con sus amigos y jugaron a «verdad o reto», donde el desafío que le propusieron fue besar a una mujer.

Se dice que la mujer tiene novio y no tiene ningún tipo de relación romántica con Xiao Zhong.

¿Creéis que esta explicación es cierta o hace falta una mayor investigación? ¡Por favor dejad vuestra opinión en comentarios, me gustaría ver qué pensáis!

Comentarios

 ¿Verdad o reto? ¡Menuda explicación más cutre!
NNN

 Me apuesto lo que sea a que las personas involucradas saben la verdad.
OOO

 Entonces no ha salido del armario, ¿¿por qué estoy tan decepcionada??
FFF

 ¡¡Esa chica tan guapa debió salvar el planeta o algo en otra vida para que Xiao Zhong la haya besado!!
TTT

 Soy Fute, el amado y exitoso Fute. ¡Agrégame si quieres spoilers! 66688818888
BBB

Capítulo 8

Resurgir

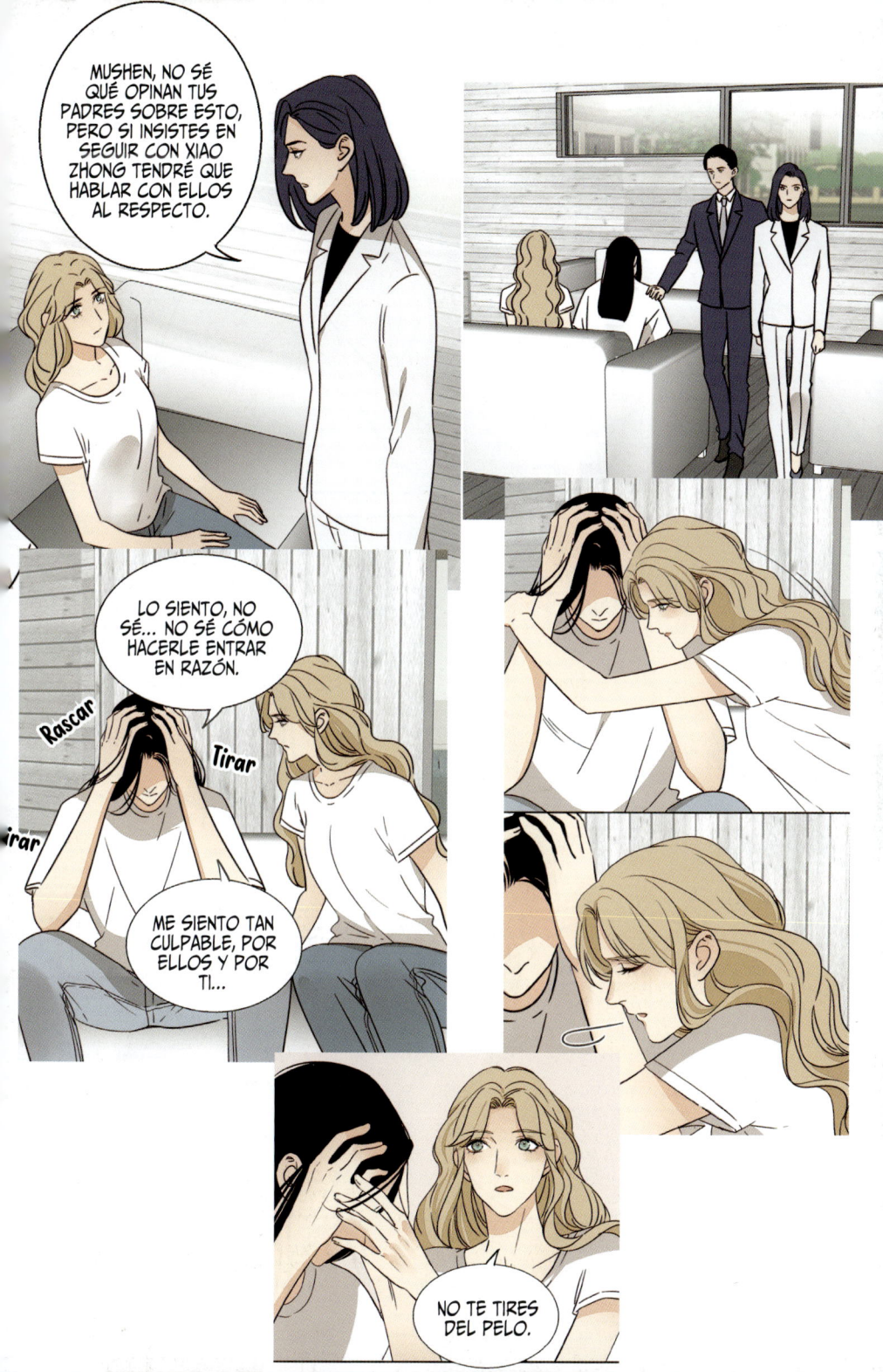

Capítulo 9

Cámara oculta

PAF

¿A QUIÉN QUERÍAS DARLE UNA PALIZA? ¿EH? ¡¿QUIÉN ESTÁ MORDIENDO EL POLVO AHORA?!

Fuerte como una montaña

COF COF... GRAN XIAO ZHONG, LO SIENTO...

¡TE VAS A LIBRAR POR AHORA!

Palmadas fuertes

ESTA ES MI NOVIA, CHENG XIN.
Adorable
Adorable
ENCANTADA DE CONOCEROS, ¡PODÉIS LLAMARME CHENGZI!
Mirada expectante
NO ME MIRES ASÍ, NO TE VOY A DAR UN BESO.
XIAO ZHONG NO PUDO LEVANTAR CABEZA TRAS EL DURO GOLPE.

Escanear

LIYE QI ES EL DUEÑO DE ESTE BAR Y SOLO DEJA QUE ENTREN SUS MÁS ALLEGADOS. TENEMOS QUE APROVECHAR ESTA OPORTUNIDAD PARA BUSCAR INFORMACIÓN, ¿ENTENDIDO?

ENTENDIDO, SEÑORITA GUAN.

¿ENTONCES HAS VUELTO PARA EMPEZAR UN NEGOCIO?

ASÍ ES. HABÍA ALQUILADO UN ESTUDIO EN FRANCIA ANTES Y AHORA TAMBIÉN VENDO ALGUNAS DE LAS TIENDAS QUE COMPRÉ AQUÍ EN CHINA.

¿TAMBIÉN FUISTE AL INSTITUTO LICHEN? QUÉ CURIOSO QUE HAYAS ESTUDIADO EN EL MISMO SITIO QUE YO.

HACE TIEMPO QUE ME DI CUENTA DE QUE ERAS UN PAR DE CURSOS MAYOR QUE YO EN EL INSTITUTO. EN AQUELLOS AÑOS SIEMPRE DESTACABAS MUCHO.

TU MARCA ESTÁ CRECIEND MUCHO EN EL EXTRANJERO. PESAR DE QUE CHINA HAY MUCH GENTE, NO TE NEMOS CASI PL BLICO AQUÍ, ¿H CONSIDERAD ESO?

LO SÉ. PERO LE PROMETÍ A ALGUIEN QUE NOS VERÍAMOS...

ESA CHICA...

¡ES LA MUJER QUE SE BESÓ CON XIAO ZHONG!

Media vuelta

¿DIGA? SÍ, SÍ...

CLIC

¿Y TÚ QUIÉN ERES? ¿NO TE HAS ENTERADO DE QUE ESTÁ PROHIBIDO SACAR FOTOS AQUÍ DENTRO?

¿CON QUIÉN HAS ENTRADO?

Capítulo 10

Doble exposición

HAS CONSE-
GUIDO ALGU-
NA FOTO?

¡MIRA!

MENUDA BOMBA,
¡EN UN MOMENTO
HEMOS DESTAPADO
DOS SECRETOS!

Capítulo 11

Negociación inesperada

¿QUÉ ES LO QUE QUIERES?

VAMOS A HABLAR A OTRO SITIO.

HACE UNOS DÍAS

ESTAS FOTOS NO SON CONVINCENTES, SU AGENTE PUEDE DARLES UNA EXPLICACIÓN RAZONABLE ENSEGUIDA.

AUNQUE EL BESO EN LA CALLE LO PUDO EXPLICAR CON LO DE «VERDAD O RETO», AMBAS ESTABAN MUY ACARAMELADAS EN EL BAR.

LAS DOS COINCIDENCIAS EMPIEZAN A SER SOSPECHOSAS, ¿NO?

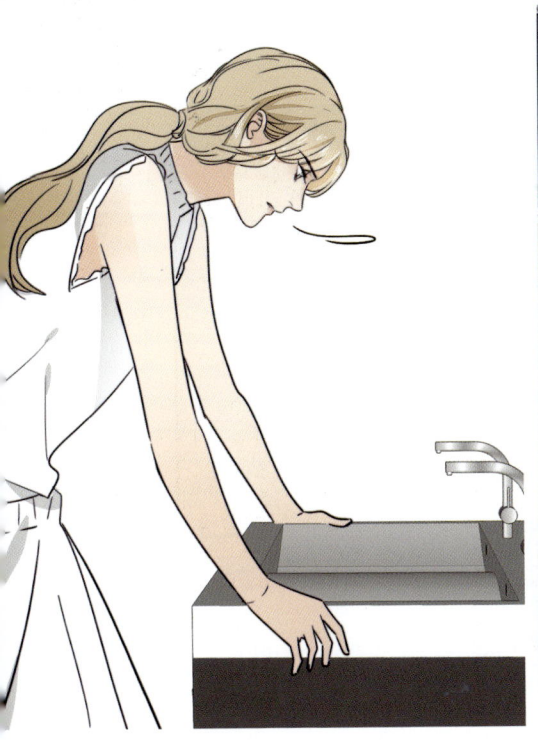

Capítulo 12

Nuestro amor secreto

FIUUUM
PAF
¡TÚ PUE-
DES, XIAO
ZHONG!
¡VAMOS,
CAPITANA!
MOJITO
¡XIAO
ZHONG!
¡ÁNIMOOOO!

(LAS SIGUIENTES POSES AL ENCES-
TAR SOLO ESTÁN HECHAS CON EL
PROPÓSITO DE «PARECER COOL» Y
SON PURAMENTE FICTICIAS)

PUM

SI TE GUSTA, VE A POR ELLA.

NO PUEDO, ES DEMASIADO SERIA. ADEMÁS HAY UNA CHICA RICA EN SU FACULTAD QUE VA DETRÁS DE ELLA.

EL DOMINGO UNA CHICA VINO A RECOGERLA EN UN COCHAZO DE LUJO A LA ENTRADA DE LA UNIVERSIDAD.

¡MIERDA! ¿ME ESTÁS DICIENDO QUE A UNA CHICA QUE ESTÁ ASÍ DE BUENA LE GUSTAN LAS MUJERES?

AUN ASÍ... YA VERÉIS QUÉ PRONTO CAMBIA DE OPINIÓN CUANDO ESTÉ CON UN HOMBRE.

Jejeje Jejeje Jejeje

¡QUÉ COÑO! ¿QUIÉN ME HA DADO?!

NADIE, ¿NO VES QUE HA SIDO LA PELOTA?

¡TÚ!

¡CÁLMATE, CÁLMATE! ES LA CAPITANA DEL EQUIPO FEMENINO DE BALONCESTO... NOS SUPERAN EN NÚMERO.

CLUB DE FANS DE XIAO ZHONG

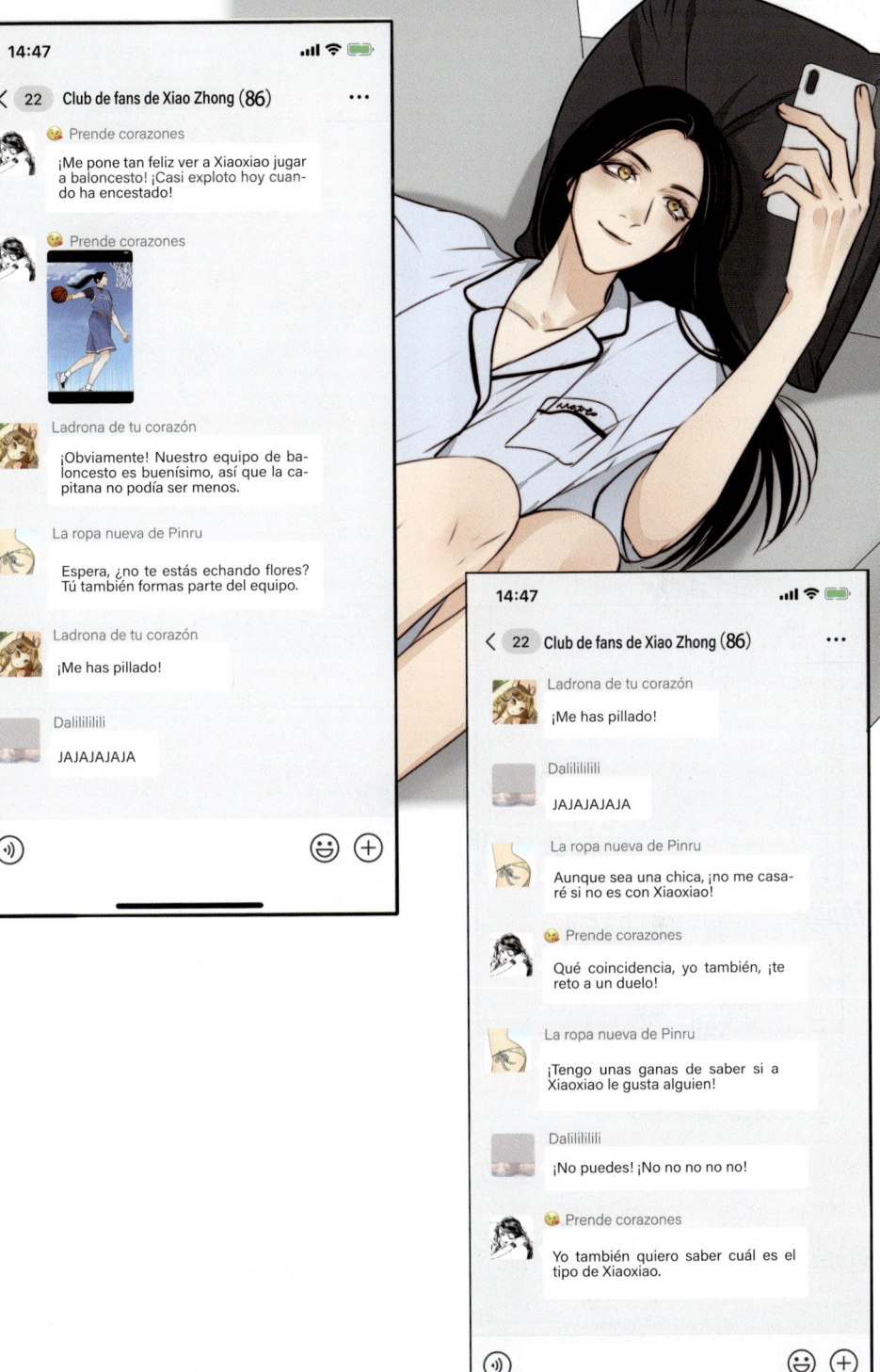

MI TIPO...

Prende corazones

Yo también quiero saber cuál es el tipo de Xiaoxiao.

TAP
TAP
TAP
TAP

q w e r t y u i
a f g h j
c v b n

Xiaoxiao

Alguien guapo.

¡GRACIAS ZHOU! ¡CLARO QUE SÍ!

¿CONOCES A ALGUNA CHICA ALTA? NECESITA DOS MODELOS.

CHICA ALTA...

HAY UNA CHICA EN EL EQUIPO DE BALONCESTO DE MI UNIVERSIDAD LLAMADA XIAO ZHONG. ES MUY GUAPA, TIENE BUENA FIGURA Y UNA GRAN PERSONALIDAD.

¡PERFECTO!

CUÍDATE, TE RECOGERÉ EL PRÓXIMO DOMINGO.

VALE, NOS VEMOS EL DOMINGO.

BUM-BUM
BUM-BUM
BUM-BUM
BUM-BUM
BUM-BUM
BUM-BUM

BUM-BUM
BUM-BUM
BUM-BUM
BUM-BUM
BUM-BUM
BUM-BUM
BUM-BUM

¡QUÉ HAGO! ¿¡DEBERÍA BUSCARLA Y PREGUNTARLE?!

Capítulo 13
Primera cita

ESTOY MUY NERVIOSA.

SIENTO QUE SE ME VA A SALIR EL CORAZÓN, QUE YA NO ME PERTENECE.

SINO QUE LE PERTENECE A ELLA.

¿TIENES UN RATO PARA IR A LA CAFETERÍA AL LADO DE LA UNIVERSIDAD? ¡TENGO ALGO QUE PREGUNTARTE!

¡CLARO, NO TENGO NADA AHORA!

¿XIAOXIAO?

¿A DÓNDE VAS? VAMOS A LA CANCHA DE BALONCESTO.

DISCULPA, MIS AMIGAS ME ESTÁN LLAMANDO, AHORA VUELVO.

CLARO.

TENGO ALGO QUE HACER, SE CANCELA EL ENTRENAMIENTO DE HOY.

ESTE VIERNES ES EL PARTIDO CONTRA LA UNIVERSIDAD X, PERO NO PARECE NADA PREOCUPADA POR ENTRENAR...

¿POR QUÉ NO COMES NADA? ¿NO TE GUSTA?

Sin quitarle los ojos de encima

Concentrada

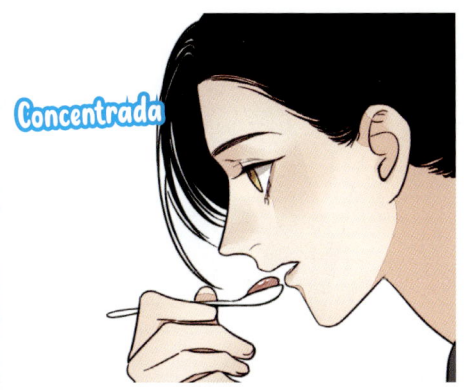

Se da cuenta

¿EH? NO, ¡ME ENCANTA!

¿YA TIENES PLANES?

Meditando

Meditando

LAMENTO DECÍRTELO TAN DE SOPETÓN, NO PASA NADA SI NO PUEDES...

¡SÍ QUE PUEDO! ENTONCES... ¿TE DOY MI NÚMERO? ASÍ NOS ACLARA- MOS MEJOR.

TRATARÉ DE ANOTAR MUCHOS PUN- TOS EN EL PRIMER TIEMPO Y PEDIRÉ QUE ME SUSTITUYAN PARA EL SEGUNDO...

¿EH? NO HEMOS PEDIDO ESTO.

LA SEÑORITA DE ALLÍ LO HA PEDIDO PARA USTED.

¡ESA MIRADA! ¡ALGO ME HUELE RARO!

¿ES AMIGA TUYA?

ES MI COM-PAÑERA DE CLASE.

VÁMONOS, TENGO QUE IR A LA BIBLIOTECA A DEVOLVER UNOS LIBROS.

VAYA CON TU COMPA-ÑERA...

¡TENGO QUE DECIRLE ALGO! ¡PERO ME HE QUEDADO EN BLANCO!

AY, NO HE MIRADO EL MÓVIL EN TODO EL DÍA.

Club de fans de Xiao Zhong

Ladrona de tu corazón: ¡Así es! ¡Acordaos de venir a animarnos!

1008611 0086 Ahora

La ropa nueva de Pinru

El partido contra la universidad X es este viernes, ¿no?

Ladrona de tu corazón

¡Así es! ¡Acordaos de venir a animarnos!

Capítulo 14
¿Vendrías a
mi casa?

SÍ, DE VERDAD.

¡VALE! ESTARÉ ES-PERÁNDOTE.

NOS VEMOS EL VIERNES.

¿NO VAS A VOLVER A LA RESIDENCIA?

NO, VIVO POR MI CUENTA FUERA DE LA UNIVERSIDAD.

POR CIERTO, ¿ME PODRÍAS EN-VIAR LA DIRECCIÓN DE LA TIENDA QUE ABRE EL VIERNES? ¡QUIERO ECHARLE UN VISTAZO!

CLARO.

¡Tú puedes XXX!

BLA
BLA

¡Ánimo!

BLA
BLA

¡Vamos, capitana!

¡ESA CHICA QUE ESTÁ BLOQUEANDO A XIAOXIAO ES UN INCORDIO! LE HA COSTADO TANTO CONSEGUIR EL BALÓN, ¡QUE SE HAGA A UN LADO!

¡OJALÁ SE CAIGA!

Biiip

Biiip

XIAO ZHONG, ¿QUÉ HACES AQUÍ?

ESTO... ¿NO TE ACUERDAS QUE QUERÍA VENIR A ECHARLE UN VISTAZO A LA TIENDA?

OH, ¿Y POR QUÉ NO HAS ENTRADO?

ESTÁ LLOVIENDO CADA VEZ MÁS, ASÍ QUE MEJOR VUELVO OTRO DÍA. ¿VAS DE VUELTA A LA UNIVERSIDAD?

SÍ.

¿DÓNDE ESTÁ TU PARAGUAS? ¿NO LO HAS TRAÍDO?

AH, YO...

NO TE PREOCUPES, TE PUEDO ACOMPA- ÑAR DE VUELTA AL CAMPUS.

FIUM

VALE, QUÉ BIEN QUE HAS VENIDO.

¿CÓMO HA IDO EL PARTIDO?

JE, JE, HA SIDO UNA VICTORIA MUY REÑIDA, ERA UN EQUIPO MUY BUENO.

VIVES FUERA DE LA RESIDENCIA, ¿NO VAS A TARDAR MUCHO TIEMPO VOLVER?

VIVO CERCA DE LA UNIVERSIDAD, EN DIEZ MINUTOS LLEGO.

¿VIVES SOLA? ¿NO TE DA MIEDO?

Capítulo 15
Provocación

GRACIAS POR ACOMPAÑARME, PERO VOY A COGER EL BUS DE VUELTA AL CAMPUS.

¿EH?

VALE...

DECEPCIONADA

JUZGAR

DESCONTENTA

¿QUÉ RELACIÓN TIENES CON MUSHEN? ¿SOIS AMIGAS?

ADEMÁS...

NO DEPENDE DE TI SI CONSIGUES SALIR CON ELLA O NO.

¡OYE!

¡A TI TAMBIÉN TE GUSTA MUSHEN! ¿NO?

¡RESPÓNDEME!

PUES VAYA, MENUDA COBARDE.

¡A TI TAMBIÉN TE GUSTA MUSHEN! ¿NO?

¿ME GUSTA?

SOLO SÉ QUE, DESPUÉS DE VERLA POR PRIMERA VEZ, NO HE PODIDO DEJAR DE MIRARLA.

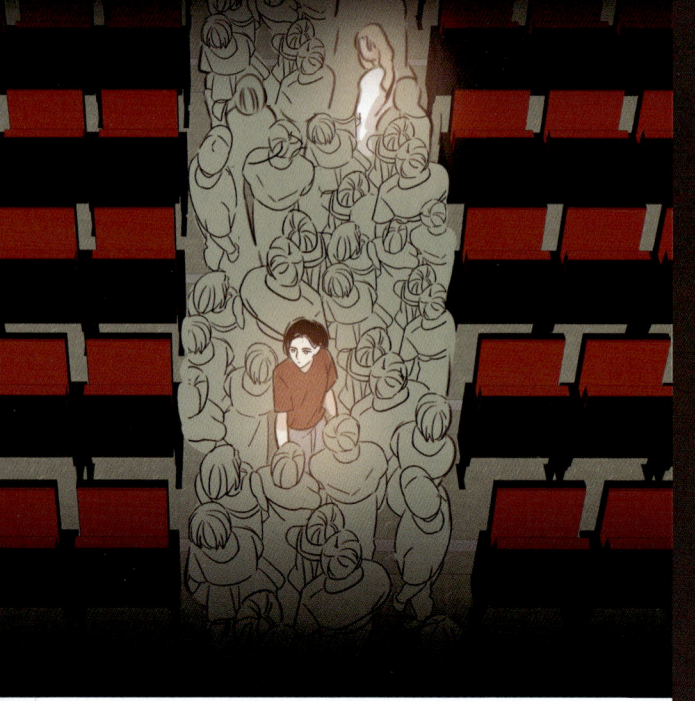

¿CÓMO ME PUEDE ATRAER ALGUIEN TAN FÁCILMENTE?

¿PUEDO DECIR QUE ME GUSTA SI AÚN NO LA CONOZCO DEL TODO?

RESIDENCIA DE ESTUDIANTES

DING

21:15

〈 76 Club de fans de Xiao Zhong (86) ···

Xiaoxiao

Chicas, si te sientes atraída por alguien tras ver a esa persona por primera vez, pero no conoces sus gustos ni su personalidad, ¿cuenta como atracción?

¿A QUÉ VIENE ESA PREGUNTA TAN REPENTINA? ¿SERÁ QUE...?

¡¿SERÁ QUE LE GUSTA ALGUIEN?!

LO HA PREGUNTADO JUSTO DESPUÉS DE ACOMPAÑARME HACIA CASA...

¿SERÉ YO...

...QUIEN LE GUSTA?

¡¿EN QUÉ NARICES ESTOY PENSANDO?! ¡SOLO ME IBA A ACOMPAÑAR A CASA PORQUE LE PILLA CERCA!

BUM-BUM
BUM-BUM
BUM-BUM
BUM-BUM

21:15

‹ 76 Club de fans de Xiao Zhong (86) ...

 Xiaoxiao
Chicas, si te sientes atraída por alguien tras ver a esa persona por primera vez, pero no conoces sus gustos ni su personalidad, ¿cuenta como atracción?

 Prende corazones
¡¿Qué?! Xiaoxiao, ¿a qué viene esta pregunta tan repentina? ¡¿Te gusta alguien?!

 Ladrona de tu corazón
Qué tonta Xiaoxiao, ¿nunca has oído hablar del amor a primera vista? ¡También cuenta como amor!

 La ropa nueva de Pinru
Si te sientes así de intrigada por alguien, ¡eso también es atracción!

 La ropa nueva de Pinru
Mierda, ¿a Xiaoxiao le gusta alguien? Seguro que es un chico muy guapo, ¿¡a que sí!?

TAP
TAP
TAP

¿Quién te habrá hecho sentir así...?

Mensajes (77)

Mushen   21:20
(sonrisa)

Club de fans de Xiao Zhong   21:18
Xiaoxiao: Es un secreto.

< 76   Mushen   ...

21:20

🙂

Capítulo 16

¡¿Cuál es su secreto?!

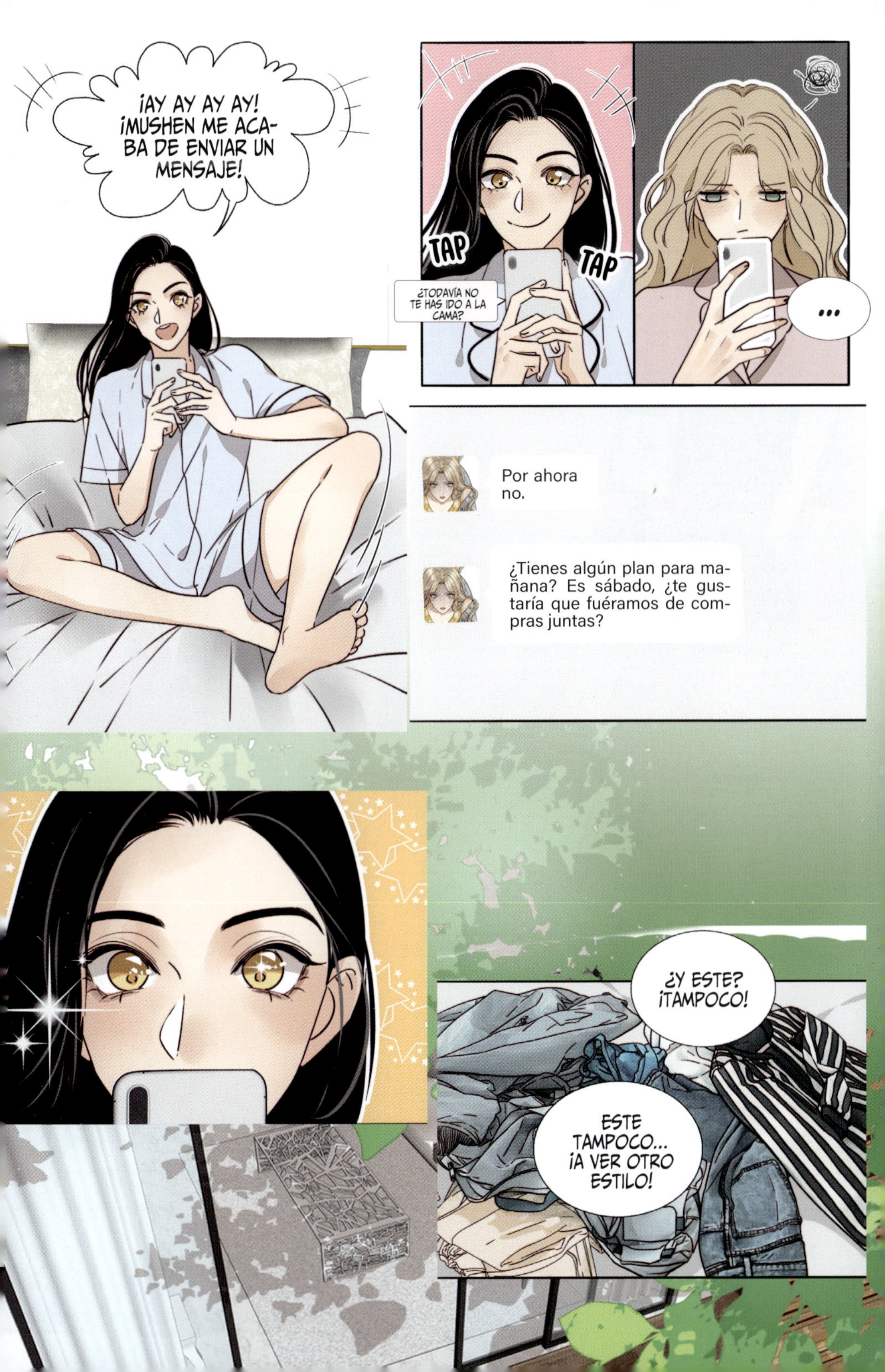
¡AY AY AY AY! ¡MUSHEN ME ACABA DE ENVIAR UN MENSAJE!
TAP
TAP
¿TODAVÍA NO TE HAS IDO A LA CAMA?
...
Por ahora no.
¿Tienes algún plan para mañana? Es sábado, ¿te gustaría que fuéramos de compras juntas?
¿Y ESTE? ¡TAMPOCO!
ESTE TAMPOCO... ¡A VER OTRO ESTILO!

O TAL VEZ... ¿MÁS SENSUAL?

¡QUÉ ROLLO! ¿CUÁL DE TODOS LE GUSTARÁ MÁS?

CRAC

CRAC

¡XIAO ZHONG!

GUAU... QUÉ GUAPA...

Glu

DE HECHO...
TAMBIÉN SOY ASÍ
CON LA PERSONA
QUE ME GUSTA...

¿SÍ? ¿QUÉ
QUIERES
DECIR?

NADA, DA
IGUAL, ¿DÓN-
DE QUIERES
IR AHORA?

¡SOSPECHOSO!
¡PARECE QUE
DE VERDAD LE
GUSTA ALGUIEN!

¡¿QUÉ DEBERÍA
HACER?!

PAM

DISCULPA,
LO SIENTO
MUCHO.

NO TE
PREOCUPES.

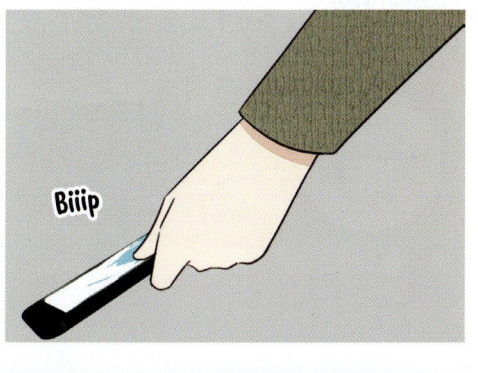

Biiip

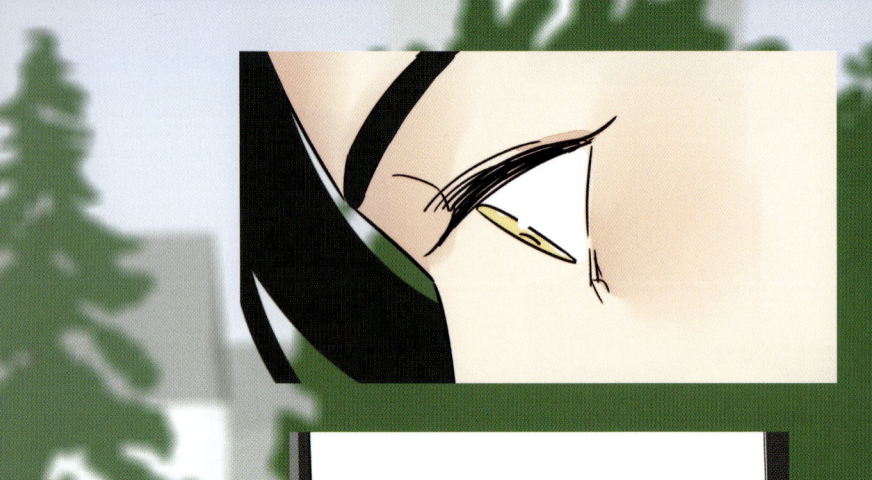

Ahora

Mensajes

Club de fans de Xiao Zhong
Fideos fríos sin fideos: ¡Vamos a quedar y hacemos algo!

GRACIAS, MENOS MAL QUE NO SE HA ROTO.

¿LO HE ALUCINADO? NO, ¿VER-DAD?

¿POR QUÉ MUSHEN ESTÁ EN EL GRUPO?

Y CLARAMENTE NO ESTÁ CON SU NOMBRE DE SIEMPRE, ¿QUÉ ESTÁ PASANDO?

¿POR QUÉ ESTÁ EN EL GRUPO? ¿Y CON OTRO ALIAS?

Capítulo 17

¿Todavía podemos estar bien?

¡MUSHEN!

NO TE VAYAS, NO ESTOY DISTRAÍDA A PROPÓSITO, ¡ME SIENTO MUY CÓMODA CONTIGO!

ENTONCES, ¿EN QUÉ PIENSAS TODO EL RATO MIENTRAS ESTÁS CONMIGO? ¿EN ALGUIEN QUE TE GUSTA?

¡NO!

¿HACE CUÁNTO QUE NO SALIMOS JUNTAS DE DÍA?

ECHO DE MENOS CUANDO ESTÁBAMOS EN LA UNIVERSIDAD ......

¿AHORA?

NO PARO DE PENSAR EN TODOS NUESTROS MOMENTOS JUNTAS,

INCLUSO AHORA.

CUANDO PIENSO EN NUESTRO FUTURO, CADA DETALLE ESTÁ GRABADO A FUEGO EN MI MENTE.

ODIO TENER QUE COHIBIRNOS SOLO PORQUE ERES MODELO,

PERO ESTOY OBSESIONADA CON LA FORMA EN LA QUE BRILLAS EN LA PASARELA.

ODIO QUE NO SEAS HONESTA CON TUS PADRES, PERO ENTIENDO TU IMPOTENCIA Y TE PERDONO SIN DARME CUENTA.

ES SOLO QUE... LIDIAR CON TODOS ESTOS PROBLEMAS HA CONSUMIDO TODA MI ENERGÍA.

EL FUTURO SE ESTÁ VOLVIENDO BORROSO Y NO VEO UNA SALIDA PARA NOSOTRAS.

YO SI LA VEO. TE GUIARÉ HACIA AHÍ,

INCLUSO AUNQUE SEA ARRASTRÁNDONOS, LLEGAREMOS A ELLA.

¡TODOS HABÉIS HECHO UN TRABAJO INCREÍBLE! VAMOS A COMER PRIMERO Y LUEGO TERMINAMOS LA SESIÓN.

Biiip
Biiip

Mamá

Recordatorio   Mensaje

Deslizar para contestar

¿MAMÁ?

¿CUÁL ES TU RESPUESTA?

LA AMO.

MUSHEN, LAMENTO MOLESTARTE PERO NECESITO HABLAR CON TUS PADRES.

YA OS LO DIJE LA ÚLTIMA VEZ, QUE SI OS EMPEÑABAIS EN SEGUIR JUNTAS TENDRÍA QUE HABLAR CON TUS PADRES.

¿PUEDE ESCUCHAR PRIMERO LO QUE TENGO QUE DECIR?

NO PASA NADA SI NO QUIERES DARME SUS TELÉFONOS.

ESO SIGNIFICA QUE NO HAY NADA QUE HABLAR.

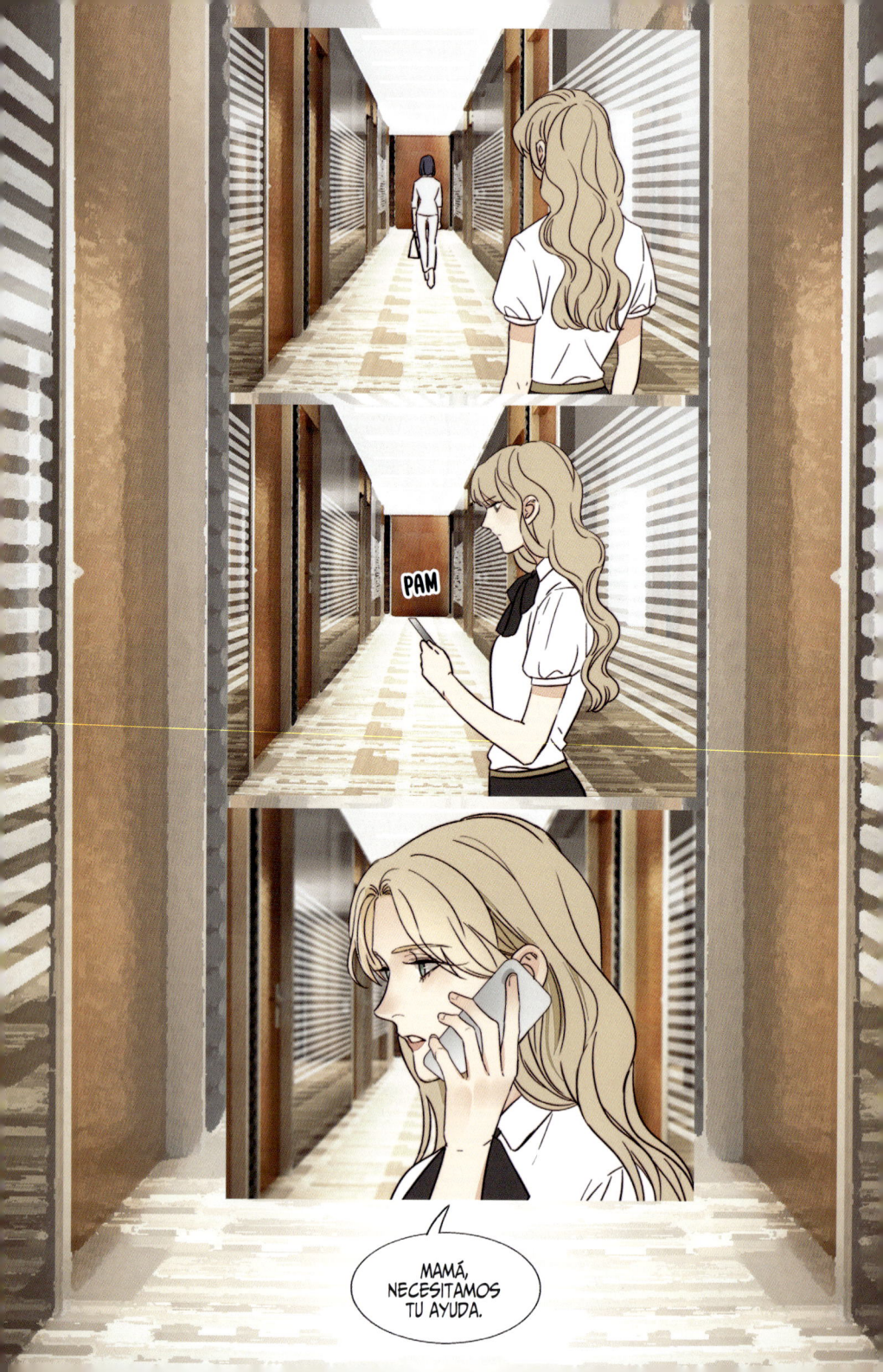

MAMÁ,
NECESITAMOS
TU AYUDA.

Capítulo 18
Contraataque

SEÑORA LIN, AHORRÉMONOS LAS FORMALIDADES. QUIERO QUE CONTROLE A SU HIJA Y QUE TERMINE SU RELACIÓN CON LA MÍA.

¿POR QUÉ?

SON DOS CHICAS QUE SALEN JUNTAS, ¿CÓMO QUE «POR QUÉ»?

NO VEO NADA DE MALO EN QUE DOS PERSONAS SE GUSTEN.

AHORA ENTIENDO EL COMPORTAMIENTO DE SU HIJA...

DE TAL PALO TAL ASTILLA.

SEÑORA ZHONG, NO DEBERÍA DECIR ESAS COSAS.

PREGÚNTELE A CUALQUIERA SI LAS ACCIONES DE SU HIJA SON CORRECTAS O NO, A VER QUÉ LE DICEN.

SEÑORA ZHONG, ENTIENDO QUE SEA MÉDICO Y ESTÉ ACOSTUMBRADA A ENCONTRAR TARAS EN LOS DEMÁS,

PERO MI HIJA ES ABOGADA Y TENEMOS MUCHA EXPERIENCIA DEFENDIÉNDONOS ANTE ATAQUES INDEBIDOS.

ASÍ QUE... NO PERMITIRÉ QUE ME ATAQUE MÁS.

Y MENOS AÚN QUE ATAQUE A MI HIJA.

TENGO QUE DECIRTE ALGO.

¿QUÉ PASA?

TU MADRE HA IDO A HABLAR CON MIS PADRES.

PFFF...

¿Y POR QUÉ ME LO DICES AHORA?

¿ACASO LA HUBIERAS DETENIDO?

YO...

AÚN SIGUES COMPORTÁNDOTE ASÍ... ESCAPAR NO ES LA FORMA DE SOLUCIONAR LAS COSAS, TARDE O TEMPRANO TU MADRE HUBIESE HABLADO CON ELLOS.

SI NO HABLAN, NO HAY FORMA DE SOLUCIONAR LAS COSAS.

¿DURANTE CUÁNTO TIEMPO MÁS PLANEAS SEGUIR HUYENDO?

PERDONA, ES COMO UN ACTO REFLEJO...

TENGO MIEDO DE VOLVER A CAER EN SU SOMBRA... DE QUE REPRIMA Y ATAQUE TODO LO QUE ANHELO.

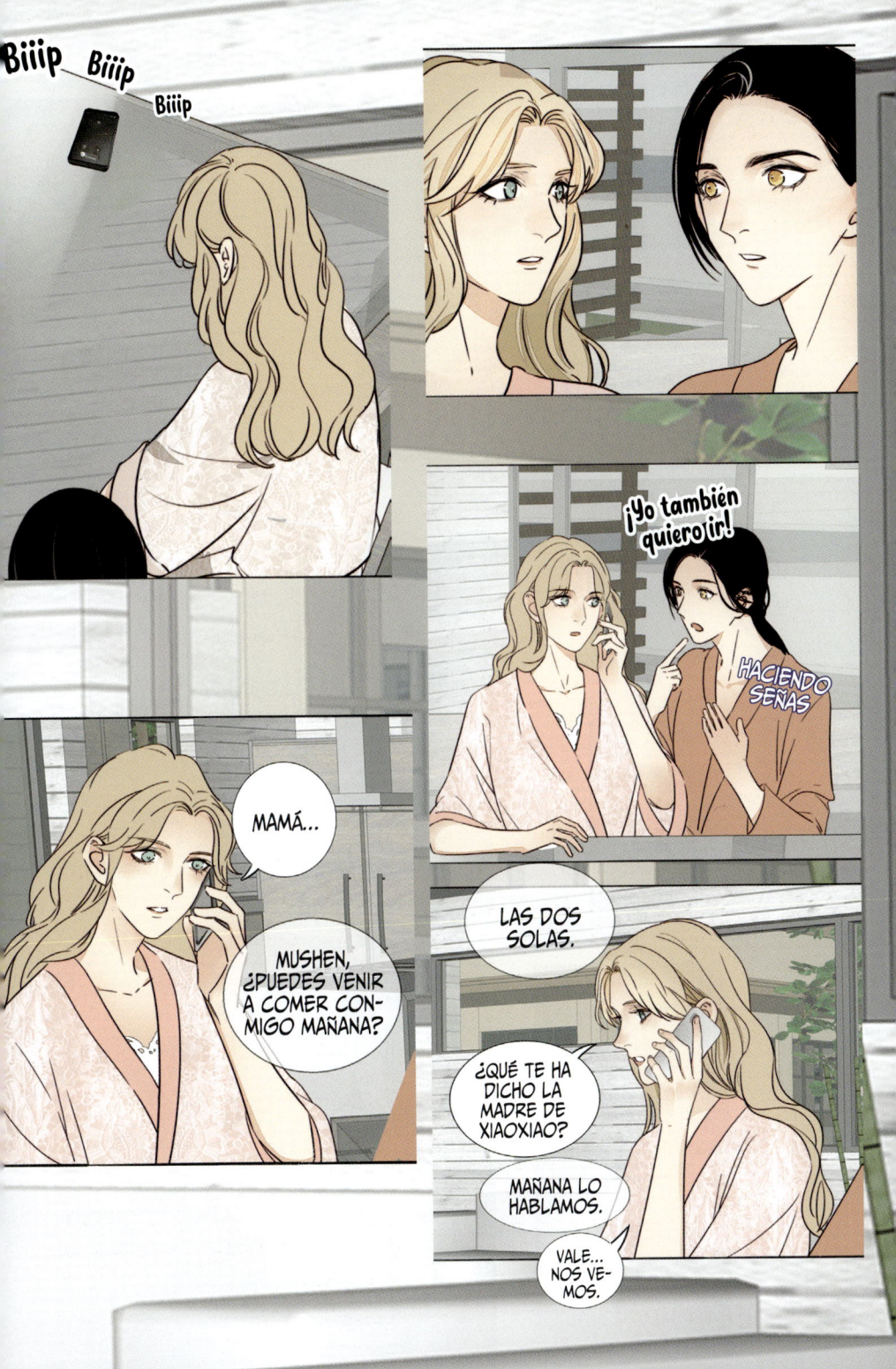

¿NO PUEDO IR? ¿POR QUÉ?

NO ME HA DADO EXPLICA-CIONES.

MAÑANA VOY CONTIGO Y TE ESPERO FUERA.

VALE.

HAS LLEGADO PRONTO, ¿HAS TENIDO QUE ES-PERAR MUCHO?

NO, NO TE PREOCUPES... VAMOS A PEDIR YA.

MAMÁ, ¿POR QUÉ ME MIRAS ASÍ?

A PESAR DE QUE ESTABA PREPARADA,

NO ME ESPERABA QUE LA MADRE DE ZHONG XIAO FUESE TAN CRUEL.

LO HAS TENIDO QUE HABER PASADO MUY MAL DURANTE TODO ESTE TIEMPO.

Fin del tomo 1

Author: noftB
Copyright © Beijing Kuaikan World Information Technology Co., Ltd.

Spanish edition copyright © Monogatari Novels (imprint of Monogatari Media Editorial S.L.)

The publication of the Spanish edition of this book was licensed by Beijing KuaiKan World Information Technology Co., Ltd.

Traducción: Javiera Villarroel Pérez
Corrección: Ana Cabanes Hernández
Arte del título y capítulos, rotulación, adaptación de la cubierta y composición interior: Laura Díaz Fernández

© 2024 Monogatari Novels sobre la presente edición

ISBN:978-84-10020-09-2
Depósito Legal: B 7695-2024
Impreso en España

Si tienes alguna sugerencia o simplemente quieres darnos tu opinión sobre el libro, puedes escribirnos a:
Nuestra cuenta de Twiter (X): @MonoNovels
A nuestro Instagram: @monogatari.novels
O al correo electrónico: redes@monogataried.com